chante]

images de Romain Simon
récit de R. Simon et P. François

Père Castor ⋅ **Flammarion**
© Flammarion 1950 — Imprimé en France
ISBN : 978-2-0816-0104-8 — ISSN : 1768-2061

Écureuil vit dans la forêt.

Il a une petite maison entre les branches d'un grand arbre.

ÉCUREUIL est très occupé.

Il n'a plus le temps de s'amuser.

C'est la fin de l'été :

il ramasse des pommes de pin pour l'hiver.

Il entasse dans sa maison

de quoi nourrir

au moins vingt écureuils.

— Viens jouer avec moi !
chante son ami Pinson.
— Laisse-moi faire mes confitures.
Va jouer tout seul.
J'ai trop de travail.
Pinson a le cœur gros.
il s'envole sans rien dire.

Écureuil travaille même la nuit.
Il range ses pots de confiture.
Il fait sécher des champignons.
Ce n'est pas lui
qui aura faim cet hiver !

Un matin, Pinson revient:
— Tu as mauvaise mine,
tu devrais te distraire;
allons nous promener
tous les deux !

— Pauvre Pinson,
pense donc à l'hiver !
Ramasse des graines,
travaille, au lieu de chanter.

— Mais je travaille !
Je chante
pour donner du courage
aux autres.
J'apprends aux bêtes
à chanter.
C'est cela mon travail.

Pinson va voir ses élèves de la campagne et de la forêt.

— Cui... cui...
Que c'est difficile
de faire chanter un crapaud,
surtout
quand il a mal
à la gorge !

Avec les poussins,
ça va beaucoup mieux.
— Ils piaillent joliment bien
depuis que tu leur donnes
des leçons,
dit la poule.

— Bê... bê... disent les chevreaux.

— Ils bêlent mieux
que la semaine dernière,
crie Pinson
à la maman chèvre.

Les jours passent.

Les feuilles commencent à tomber. Pinson chante toujours.

Les arbres jaunissent. L'air est froid.
Le vent chasse les feuilles mortes. Voilà l'hiver.

Les bêtes se cachent.
Les oiseaux sont partis.
Pinson va trouver son ami :

— Écureuil, je suis fatigué.
J'ai froid.
Veux-tu me prendre chez toi
pour l'hiver ?

— Mon pauvre Pinson,
tu ne m'as pas écouté.
Tant pis pour toi.
J'ai eu trop de mal
à faire mes provisions.
Adieu !

Qu'il fait froid !
Et voici la neige.
Pinson va d'un buisson à l'autre.

Pinson n'a qu'une petite pèlerine
qui ne lui tient pas bien chaud.

Les autres bêtes ont une maison.

Écureuil se trouve très bien
chez lui.
Il a ramassé beaucoup de bois
et son petit poêle est tout rouge.
Que c'est bon d'avoir chaud !
Il croque une noisette.

Il se gave de confitures.
— Elles sont bien réussies.
J'en ferai encore plus
l'année prochaine !
Quand on mange,
le temps passe plus vite.

Mais plus le temps passe,
plus Écureuil s'ennuie.
Il est bien seul.
— Que devient Pinson ?
Où est-il ? Ah ! s'il était là !
Écureuil tourne en rond.

Un jour, il s'ennuie tant
qu'il n'a plus le courage
d'allumer son feu.
Il se couche.
Il est triste, si triste
qu'il en devient malade.

Le docteur Rouge-Gorge vient voir Écureuil :
— Respirez ! Comptez ! Vous n'avez rien du tout !
Vous vivez trop seul. Il faut vous distraire.

Écureuil dit tout bas à Mésange sa voisine :
— Va chercher Pinson.

— Pinson,
ton ami t'appelle.
Il est malade et il a besoin de toi.
— Je veux bien le voir, Mésange,
mais j'ai froid
et je ne sais pas si je pourrai voler...
— Il faut essayer, dit Mésange.

Plouf !

Pinson est tombé dans la neige.

Il a vraiment trop froid.

— Attends, Pinson.

Je vais demander de l'aide

aux oiseaux du bois.

Les oiseaux sont venus. Ils couchent Pinson dans sa pèlerine
et l'emportent vers la maison d'Écureuil.

En voyant Pinson trembler de froid,
Écureuil ne pense plus qu'à soigner son ami.
— Que je suis content de te revoir, mon petit Pinson !
Écureuil fait du feu. Il prépare une tisane sucrée.
Pinson commence à se réchauffer.

C'est une vie nouvelle qui commence pour les deux amis.

Écureuil a donné son lit à Pinson.

Le matin, ils font le ménage ensemble.

Ils jouent, ils chantent toute la journée.

Ils sont si heureux qu'ils trouvent l'hiver trop court.

Et voilà le printemps.
Qu'il fait bon revoir le soleil !
Les arbres ont mis
des feuilles neuves.

Les oiseaux
viennent écouter Pinson,
qui chante :

— Voilà les beaux jours !

Réjouissez-vous !

Travaillez gaîment !

Cui, cui ! Oui, oui !

Chante !

Chante encore !

Chante, Pinson !

Imprimé par Pollina, Luçon, France - L61491 - 07.2012 - Dépôt legal : 4ᵉ trimestre 1950.
Éditions Flammarion (L.01EJDNFP0104.C015), 87, quai Panhard-et-Levassor, 75647 Paris Cedex 13
Loi n° 49-956 du 16 juillet 1949 sur les publications destinées à la jeunesse